KB264434

얘는 암탉이 아니네!
수평아리도 아니잖아!
우리에게는 든든한 수탉이 필요해!

부엉?
뭐 이런 일이 다 있대!
솜씨가 어떤지 봐야겠네.

"수평아리처럼 콕콕 잘 쪼아 먹으려나?"
암탉 한 마리가 으스대며 말했어요.
부엉이는 부리로 콕콕 쪼아 보았어요.

"수평아리처럼 흙은 팍팍 잘 헤집나?"
부엉이는 발톱으로 흙을 헤집어 보았어요.

"그럼 '꼬끼오' 하고 우렁차게 우는 건?"
부엉이는 "꼬끼오" 하고 울어 보려고 했어요.

암탉들이 보기에
부엉이의 부리질은
형편없었어요.

부엉이의 흙 헤집는 솜씨는
정말 엉망이었지요.

꼬끼오 우는 재주는
당연히 빵점이었지요.

멍청이네!
얼간이잖아!

부엉이는 "부엉부엉!" 하고 구슬프게 울었어요.
따뜻하고 아늑한 닭장과
볕이 내리쬐는 마당이 맘에 쏙 들었거든요.
얼룩무늬 암탉이 여윈 날개로 부엉이를 감쌌어요.
"수평아리가 되는 방법을 알려 줄게!"
그러고는 꼬꼬, 꼬꼬 소곤소곤했어요.

얼룩무늬 암탉은
정말로 가르쳐 주었어요.

당당한 걸음걸이랑
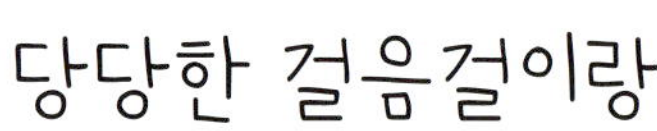

암탉들은 맥이 빠졌어요.

부엉이는 슬슬 약이 올랐어요.
배고픈 데다 바보 같은 암탉들에게 넌더리가 났어요.
부엉이는 암탉들에게 소리쳤어요.

"난 부엉이야! 닭이 아니야.

　　　　부엉이는 닭이 아니라고.

우리는 달밤에 운단 말이야.

　　　　낟알을 쪼아 먹는 게 아니라,

우리는…… 우리는…….”

"생쥐다!"
암탉 한 마리가 닭장 안을 들여다보며
꽥 소리를 질렀어요.

생쥐다!
우리 닭장에 생쥐가
나타났대!

생쥐 한 마리가 달걀을 훔치고, 날알을 먹고,
병아리를 쫓고 있었어요!

부엉이는 암탉의 울부짖음을 듣고
귀처럼 생긴 깃털을 쫑긋 세웠어요.
날카로운 발톱을 구부리고
부드러운 날개를 활짝 폈어요.
그러고는 조용히 공중으로 떠올라
닭장을 가로질러 날아가서는……

휙! 덥석!

생쥐를 낚아채서
꿀꺽 먹어 치웠어요.
생쥐는 아주 맛있었어요.
암탉들은 할 말을 잃고 말았지요!

암탉들은 부엉이를 에워싸고는
깃털을 퍼드덕거리며
꼬꼬댁 꼬꼬 하고
호들갑을 떨었어요.

부엉이는 의기양양하게 가슴을 훅 부풀리더니
소리쳤어요.

"꼬—끼오, 부엉부엉!"

우리의
영웅이야!
생쥐 잡는
부엉이 만세!

넌 정말 특별해!

1판 1쇄 펴냄 2008년 3월 2일
개정 1판 1쇄 펴냄 2021년 2월 4일

글쓴이 믹 매닝 | 그린이 브리타 그랜스트룀 | 옮긴이 박수현
펴낸이 박소연 | 펴낸곳 (주)도서출판 달리
등록 2002.6.4(제10-2398호)
주소 04008 서울시 마포구 희우정로16길 17-5
전화 02)333-3702 | 팩스 02)333-3703
ISBN 978-89-5998-421-3 74840

이 도서의 국립중앙도서관 출판시도서목록(CIP)은 e-CIP
홈페이지(http://www.nl.go.kr/dip/php)에서 이용하실 수 있습니다.
(CIP제어번호 : 2008000325)